LE LIVRE ROUGE

Paris. — Imprimerie Vallée, 16, rue du Croissant.

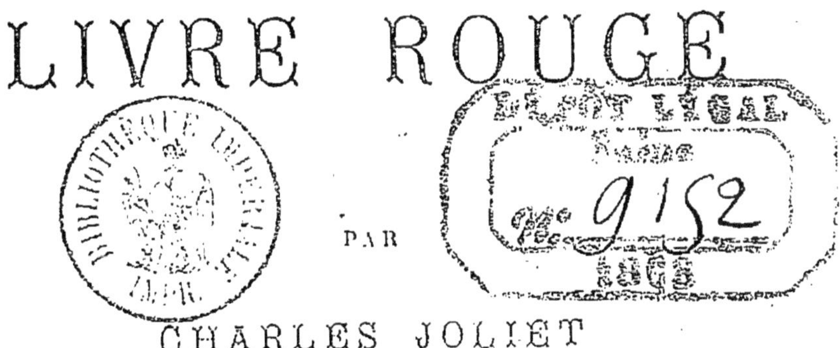

LE
LIVRE ROUGE

PAR

CHARLES JOLIET

LE LIVRE ROUGE

Nous avons mangé notre pain blanc le premier, et bien que nos tartines soient absolument privées de confitures, il est doux encore de souffler dans des pipeaux champêtres et de confier nos plaintes aux roseaux. Par ce mot, nous entendons les hommes politiques, qui sont des roseaux flexibles.

Jamais on n'a vu le champ de la littérature ainsi ravagé par les intempéries judiciaires. Il neige des assignations, il grêle des amendes, il pleut des mois de prison, il tonne des réquisitoires.

Singulière antithèse : on condamne des gens qui mettent de l'eau dans le lait, et d'autres pour n'en pas mettre dans leur encre. Celle de la petite-vertu est empoisonnée. On ne sait plus où donner de la plume

Il est pourtant facile de voir que nous ne gaspillons pas la liberté de la presse et même de la parole.

Enfin, il faut prendre la liberté pour ce qu'elle vaut. — Nous avons le choix : ou de nous élever à la hauteur de Conrard, ou de nous déguiser « *en un qui s'amuse à mort.* »

Tâchons surtout de ne pas offenser les puissants. Nous aurions beau nous désaltérer dans les eaux du *Moniteur* qu'on trouverait moyen de dire que nous les troublons.

Evitons également d'exciter les citoyens à se mépriser les uns les autres. C'est un conseil bien inutile : ils sont assez grands pour se mépriser tout seuls.

Quant à attaquer une religion légalement reconnue, bornons-nous à laisser voltiger sur nos lèvres le hideux sourire de Voltaire.

En pareille matière, c'est toujours le lapin qui a commencé. — Fuyons les autels de Sainte-Pélagie, et disons avec l'apôtre :

« Après nous, la fin de la *Revue des deux Mondes.* »

Il est regrettable toutefois que, lorsqu'un journal est condamné à mort, il n'ait pas le suprême privilége, pour son dernier jour et son dernier numéro, de dire tout ce qu'il a sur le cœur avant de mourir.

Mais parler au peuple, dirait Thomas Vireloque,

misère et corde! mes agneaux, c'est du nanan.

Bornons-nous donc à raconter les mémoires de l'année 1868. Le *Livre Rouge* sera le compte de tutelle de 1869 qui s'avance. — Neuf qui s'avance.

+

Jamais je n'ai vu une année commencer d'une façon aussi follement joyeuse.

On est mort de faim :

En Prusse, en Russie, en Angleterre et en Irlande, en Suède, en Algérie, etc., etc.

Maintenant, voici comment je comprendrais un dialogue entre le petit doigt de la Providence et l'oreille de l'humanité :

— Vous avez eu la guerre sur toute la surface du globe ?

— Oui.

— Vous avez eu le choléra et les épidémies les plus variées ?

— Oui.

— Maintenant voilà la famine ?

— Oui.

— Q'est-ce que je pourrais donc encore bien faire pour vous être agréable ?

—

L'ALMANACH DE GOTHA

revu, corrigé et singulièrement diminué par un journaliste sans ouvrage.

Il y a deux publications en ce moment *sous presse* qui sont dans une grande perplexité.

C'est l'*Almanach des 500,000 adresses* et l'*Almanach de Gotha*.

Le premier a peine à suivre les remanipulations nécessitées par les démolitions et les reconstructions. L'ordre alphabétique est bouleversé, et les correcteurs ne savent plus à quels saints de rues se vouer.

La situation de l'*Almanach de Gotha* est tout aussi déplorable.

Je plains de tout mon cœur l'*Almanach de Gotha*, le Bottin des têtes couronnées, le Vapereau des majestés régnantes, où les monarques passent en vingt-quatre heures des coussins du trône au quarante-unième fauteuil de la royauté.

+

Ne renonçons pas au doux espoir d'assister à des choses étranges.

J'ai beau me pincer, ce qui se passe ne me fait pas rire.

En comptant bien, une douzaine de monarques ont été reconduits aux frontières de leurs Etats sans les honneurs dus à leur rang de voyageurs de première classe.

De tout temps, quand les peuples s'en mêlent, ils font largement les choses et ils donnent volontiers le treizième par-dessus le marché. C'est donc avec la main froide de l'histoire que nous transcrivons ces lignes du *Nord* :

« On raconte que, lorsque la reine d'Espagne se

sépara à Madrid de sa fille, la comtesse de Girgenti, elle lui dit avec tristesse : « Rappelle-toi que c'est fini pour nous, et que les autres rois ne tarderont pas à me suivre. »

Voici, d'après une statistique du *Siècle*, les corrections faites à l'almanach de Gotha depuis cinquante ans.

Le grand conquérant du siècle, celui qui avait changé la République française en une sorte de monarchie universelle, *Napoléon Ier*, tombe définitivement en 1815.

Ses frères, les rois :

Jérôme,

Joseph,

étaient déjà tombés avant lui.

Murat, roi de Nap'es, succombe bientôt après, le 13 octobre.

A peine restaurée, la monarchie bourbonnienne d'Espagne chancelle déjà. Elle perd toutes ses colonies du Nouveau Monde, qui se transforment en républiques, et *Ferdinand VII* n'est maintenu que par l'expédition française de 1823.

En 1824, chute d'*Iturbide*, empereur du Mexique.

La Turquie, sous *Mahmoud*, perd, peu de temps après la Grèce, proclamée monarchie indépendante le 3 février 1830.

La même année tombent :

Le dey d'Alger ;

Charles X, entraîné par M. de Polignac et la fraction ultra-légitimiste et cléricale.

Le *roi de Hollande* perd la Belgique, c'est-à-dire la moitié de ses États, 25 août, et la déchéance de la maison d'*Orange Nassau* est proclamée à Bruxelles.

Le 7 septembre 1830, le duc *Charles de Brunswick* est chassé par une insurrection.

Le *Czar* perd un instant la Pologne.

En 1833, le trop célèbre *Dom Miguel*, roi de Portugal, est forcé de céder la couronne à Dona Maria, fille de Dom Pedro, qui garde le Brésil.

En 1848, *Louis-Philippe* tombe accablé sous les fautes et les résistances de M. Guizot.

1er décembre 1848, l'empereur d'Autriche *Ferdinand* est forcé d'abdiquer pour ne pas tomber.

Pie IX ensuite n'est ramené et maintenu depuis que par les armes françaises.

L'Autriche perd un instant la Hongrie.

Le 6 février 1850, le roi de Prusse *Frédéric-Guillaume IV* menacé depuis 1848, est forcé de prêter serment à la charte prussienne.

En 1855 *Nicolas Ier* mourut de chagrin et d'amour-propre blessé pour avoir été arrêté sur la route de Constantinople.

En 1859.

Le duc de Modène,

La duchesse de Parme,

Le grand duc de Toscane

sont rayés de la liste des princes régnants.

15 janvier 1859, chute de *Soulouque*, empereur d'Haïti.

En 1860, *François II*, roi de Naples, voit Garibaldi entrer dans sa capitale, le 7 septembre, et une nouvelle déchéance est prononcée.

En 1862, *Othon*, roi de Grèce, est chassé par une insurrection.

En 1865, le *prince Couza* tombe en Roumanie.

En 1866, l'empereur d'Autriche perd définitivement Venise, dont l'abandon eût peut-être sauvé son empire.

Même année, renversement par la Prusse des trônes

  de *Hanovre*,

  de *Nassau*,

  de *Brunswick*,

  de *Hesse électorale*.

Même année encore, chute de *Maximilien*, au Mexique.

Pendant le même espace de temps, aucune monarchie constitutionnelle n'est atteinte, aucune révolution en Angleterre, aucune en Suède, où la dynastie nouvelle se perpétue ; en Belgique, la dynastie résiste à 1848 ; en Portugal, la dynastie se perpétue ; aux États-Unis, aucun président n'est renversé, si ce n'est le président séparatiste Davis, aujourd'hui représentant de commerce.

Les présidents militaires ou les dictateurs de l'Amérique du Sud, au contraire, sont renversés les uns par les autres.

(*La suite au prochain numéro.*)

—+—

Il est doux de penser que le prochain concile œcuménique réunira les rois sans domicile. Infortunés monarques, ils errent à travers le monde,

Leur couronne à la main réclamant leur royaume.

Ils forment déjà un joli petit régiment.

Bientôt, si cette série n'est pas interrompue, on pourra dresser un calendrier de majestés découronnées dont le nom sera en regard de la date de leur déchéance.

En attendant, les rois qui se perdent si bien ont toujours soin de sauver la caisse.

+

Certes, les nouvelles royales n'ont pas été satisfaisantes cette année.

Le prince Michel de Serbie a été assassiné au coin d'un bois, on n'a jamais su pourquoi.

La reine de Madagascar est morte. Cette reine avait peut-être un peu violé l'art. de la Constitution concernant les liqueurs fortes. Mais il est avec les lois des accommodements, et quand elle éprouvait le besoin de boire un grog, elle s'abritait derrière l'ordonnance de son médecin.

+

Les journaux ont tous enregistré le nouvel ouvrage de la reine d'Angleterre intitulé définitivement : *Feuillets détachés du journal de notre vie en Écosse.*

Nous voilà loin du temps où la reine Berthe filait.

La constitution anglaise interdisant à la reine de s'occuper de politique, elle consacre ses loisirs à la littérature.

+

Faut-il appeler suicide le mariage de l'empereur de la Chine, âgé de quatorze ans, avec une jeune personne de onze ans ? Voilà pourtant un ménage de bébés qui va diriger l'empire du Milieu. Heureux empire !

+

Ismaïl Pacha a été malade aux eaux de Brousssc.

Le sultan lui a envoyé en toute hâte un de ses aides-de-camp,

Au premier abord, on se demande pourquoi il ne lui a pas envoyé un médecin. Autre pays, autres mœurs. Si le mal avait persisté, le sultan lui aurait sans doute envoyé son état-major, et, si le danger était devenu sérieux, son armée et sa flotte.

+

On prétend que le prince de Montenegro a renoncé volontairement à la moitié de sa liste civile. Voilà ce que j'appelle gâter le métier. C'est une mauvaise farce qu'il aura voulu jouer aux grands camarades. Note pour nuire à l'histoire de son temps.

+

Le *Moniteur* publie la liste des récompenses accordées aux exposants de l'agriculture.

Tous les souverains ont des médailles d'honneur.
Et on dit que l'agriculture manque de bras !

J'aime à me représenter les peuples s'égorgeant
comme des bêtes féroces, et les monarques vertueux
poussant nonchalamment le soc recourbé de la char-
rue.

En fait de plaisanterie, on ne fera pas mieux :
Aux rois la médaille d'agriculture.
Aux paysans la médaille militaire.

Et quelques vains lauriers que promette la guerre,
On peut être un héros sans cultiver la terre.

+

Les princes ont beaucoup voyagé. Noces et festins.
Quand les rois ont bien bu et bien mangé, ils
veulent que tous leurs sujets soient saoûls dans le
royaume.

+

Le prince Humbert a consacré sa lune de miel à parcourir l'Allemagne. Pour ne froisser aucune susceptibilité, il s'est arrêté à toutes les stations.

C'est un vrai calvaire.

+

Le roi de Hollande est allé à Lucerne. Au moment où il partait pour l'étranger, la reine rentrait dans le pays. Il en est toujours ainsi, et le peuple batave n'ayant jamais pu avoir à la fois les royaux époux, les appelle le *Soleil* et la *Lune*.

Et jamais d'éclipse.

Le czar Alexandre a adressé à l'Empereur un ours empaillé.

Au moins celui-là ne dansera pas.

Un journal de Berlin s'obstine à soutenir que le roi veut rétablir l'*ordre du Cygne*.

« Le cygne, disait Diderot, a l'air bête, fier et mé-
chant, trois qualités qui vont bien ensemble. »

Il ne manque pas de gens en Europe qui pourront
faire valoir des titres sérieux à cette décoration.

+

Adieux à Fatouma

Fatouma, vous avez vu toutes nos merveilles,
Hormis le souverain, ce père du pompier ;
Vous savez maintenant qu'en cherchant des abeilles
On s'expose souvent à trouver un guêpier.

+

Le mot *jamais* aura une belle page dans l'histoire.

Usité dans l'origine pour la négation ou l'affirma.

tion absolue, exclusivement réservé au langage des amoureux, M. Rouher l'avait transplanté dans le langage parlementaire. La reine Isabelle l'a remis en circulation après avoir franchi les Pyrénées.

Serment d'amour, serment de ministre, serment royal.

C'est complet.

Fin des nouvelles royales.

LA DIPLOMATIE

Qu'est-ce qu'un diplomate ? C'est un monsieur en habit brodé, moitié cire et moitié sucre candi, froid, correct et monté comme un automate, disant *oui* avec sa tête et *non* avec ses yeux, écoutant sans avoir l'air d'entendre, parlant sans rien dire, un glaçon fricassé dans de la neige, poli comme un miroir et souriant toujours.

Quand son patron se fâche avec un autre, il prend son portefeuille, sourit une dernière fois et s'en retourne comme il est venu. Au bout de quelque temps, les patrons étant raccommodés, il revient avec le même portefeuille, le même habit, le même pas et le même sourire.

Il y a des gens qui cherchent à lire sur sa physionomie les destinées de l'Europe. Entre eux, ils se regardent sans rire, et c'est là leur grande supériorité.

Un diplomate ressemble à l'obélisque entouré d'académiciens. Les uns y lisent les épitaphes des Pharaons, les autres des sentences morales et politiques. Les gens de bonne foi n'y voient que des canards, et tout le monde sait que les canards sont le fond de la langue des hiéroglyphes.

Enfin, il est incontestable que le plus embarrassé dans cette question mystérieuse, c'est l'obélisque lui-même, admirable personnification du *Snob diplomatique,*

+

On lit souvent dans le *Moniteur* :

L'ambassadeur de... a rendu le diner qui lui avait été offert.

Je me demande pourquoi le *Moniteur* s'obstine à tenir l'Europe au courant de toutes les indigestions officielles.

ÉQUILIBRE EUROPÉEN

Une grande puissance, qui ne garde pas l'anonyme, a fait des achats considérables d'avoine et de foin...

C'est peut-être le moment de manger au râtelier du gouvernement.

L'Italie en a fini avec la question des tabacs. On ne pouvait plus ouvrir un journal sans éternuer. — Que Dieu la bénisse !

+

On lit dans les dépêches télégraphiques d'Outre-Mer une jolie coquille qui fait penser aux conférences du Wauxhall et de la Redoute :

« Le *Jupon* n'est pas encore calmé. »

+

Un mot de M. de Bismark.

Il jouait aux échecs et poursuivait son adversaire avec vigueur.

— Monsieur de Bismark, on ne prend pas le roi.

— Non, mais on prend des cases.

+

Au Carrousel des fêtes de Turin, acclamations pour la Prusse, silence pour la France.

Après Solférino,

No.

Mais après Sadowa,

Ya.

+

Pendant que M. de Bismark cherche le plus court chemin de Berlin à Paris, le maréchal Niel étudie la cycloïde et la courbe qui descend de Paris à Berlin.

Bataille de soldats de plomb sur le papier. On demande le *bon à tirer*. En attendant, les journaux escarmouchent. L'accouchement est laborieux. Ça se passe en conversations.

+

On ne parle que de paix et d'amitié. Ne jetons pas de pétrole sur ces épanchements de famille.

— L'Allemagne se rapproche de la France.

— Beaucoup. A force de se rapprocher, voyez vous, ces deux puissances finiront par être à portée de fusil.

RELIGION

Le père Gratry a reçu du Saint-Père une palme en or, prix de satisfaction pour son discours à l'académie.

Nous allons donc voir des portraits du père Gratry, académicien et martyr, avec une palme à la main. Cet encouragement donné à un adversaire de la Révolution française m'inspire une douce mélancolie. Le père Gratry aura une palme de plus que ses collègues, dont les habits sont ornés au collet de cette végétation.

Listz a eu le sabre, le P. Gratry la palme. Boum le panache. On parle aussi d'un supplément du chapitre des chapeaux et des brassards. Pourquoi M. Offenbach n'écrit-il pas une messe pour les Variétés?

+

Le père Hyacinthe a traité à Notre-Dame la question militaire. Il se rallie à la politique que M. Thiers appelle « *sa bonne petite vieille.* » Il admire sa théorie des petits États, que la Providence a placés entre les grands comme des tampons et des coussinets pour amortir les chocs.

« Quand le dogme devient vieux, il se fait politique. »

+

Texte de la dissertation du R. P. Félix à Notre Dame :

Le progrès par la religion.

La décadence par l'athéisme.

Pour résoudre ce problème, il faut mettre les extrêmes à la place des moyens.

Le R. P. Lacordaire avait dit : ....

— L'athée est un tube digestif percé aux deux bouts.

C'est très-heureux, car...

+

On écrit de Rome que le Pape a adhéré à la création d'un camp d'instruction militaire.

Qu'on prenne garde au mélange du Catéchisme et de la Théorie :

— Qui vous a créé et mis au monde ?

— C'est Dieu.

— Pourquoi ?

— Pour nous démolir.

+

Mot d'un cardinal sur les brigands :

— Quels hommes que ces *birbanti*... si nous en avions un régiment !

+

On va discuter au concile œcuménique les principes de 89.

« Messieurs les moutardiers du Pape, c'est de la discussion après dîner. »

+

Chapitre des chapeaux :

Le Pape a béni le chapeau de velours et l'épée d'honneur qu'il tenait depuis si longtemps en réserve pour les offrir au prince le plus méritant comme défenseur de Rome.

    « Toujours le sabre ! le sabre ! le sabre !
    » Le sabre du Saint-Père. »

+

La congrégation de l'Index continue à chauffer les carrefours de Rome avec d'excellents livres d'histoire et de philosophie.

Brûle, Basile, brûle, mon mignon ! il en restera toujours de la cendre, et avec les cendres, tu sais, on fait la lessive.

+

M. Peabody est Américain, protestant et puissamment riche. En quittant Rome, il a donné cinq millions au Pape, un joli denier pour Saint-Pierre.

L'argent n'a pas de religion, et l'Église a l'estomac solide.

+

On débaptise beaucoup de rues dont le nom se confondra avec celui d'une sœur prolongée. On a généralement sacrifié les saints et les saintes, ce qui n'est pas un mal. Le catalogue des rues de Paris ressemblait aux litanies. Le ciel avait besoin de remplir les cadres vides de son état-major.

+

Le Pape a rendu au cardinal d'Andréa toutes les dignités qu'il avait perdues. Le cardinal a fait sa soumission en cinq points.

— D'écarté ?

+

Notre ambassadeur à Rome a pour mission de réconcilier le Pape et le roi d'Italie.

S'ils s'embrassent, nous verrons bien celui qui sera étouffé.

+

Mlle Déjazet a fait à Lyon sa première communion à soixante-neuf ans.

Nous accueillons ce bruit en attendant la confirmation.

+

Le fameux « diner du vendredi-saint » a été réduit à son expression la plus simple. Ce jour-là l'*Univers* ne veut pas qu'on attache les libres-penseurs avec des saucisses.

—

LA VERTU

Notre ami X*** a une singulière façon de lire les feuilles publiques.

L'autre jour, il agite son journal comme un drapeau.

— Qu'est-ce que vous avez ?

— Ce que j'ai ? j'ai que je gémis sur ma malheureuse patrie.

— Ah ! ah !

— Elle est peuplée de filous.

— Bah ?

— Tenez, Lisez le mouvement de la Caisse d'épargne.

— Eh bien ?

— Je rêve que ma cuisinière doit être dans le tas des déposants nouveaux. Demain elle achètera de l'Italien.

— Cela s'est déjà vu.

— Et cette liste de condamnations pour ventes à

faux poids, tromperies diverses et falsifications à désarçonner un chimiste!

— Que voulez-vous que j'y fasse?

— Et ces faits divers peuplés de vols et d'escroqueries!

— En effet. Cependant, il y a quelques braves gens sur la terre.

— J'aime à le croire, mon cher ami, et ce qui me console, c'est de voir encore d'honnêtes gens adresser des restitutions anonymes au Trésor.

✝

On a publié dans les journaux le procès en escroquerie d'une femme lauréat du prix Montyon.

Il est triste [de penser, qu'il se commet une trentaine d'actions vertueuses en France chaque année sur une population de quarante millions d'habitants, et qu'il y a des lauréats qui ont l'inconvenance de se faire rayer du tableau.

＋

C'est le 31 mai que la vertu fait traite sur Nanterre
Cette commune, comme les sables de la mer, charrie
des coquillages.

O fêtes de l'innocence, vous réjouissez les cœurs
purs. Oui, je tâcherai de prendre le train de midi
trente-cinq (départ à toutes les demies), pour aller
voir ce spectacle consolant. Ce n'est certainement pas
sur nos scènes subventionnées ou non qu'on fait aux
chroniqueurs dépravés ce service des premières. Oui,
la petite fleur bleue ne pousse pas autour des kios-
ques, et je veux croire aux gâteaux et aux rosières de
Nanterre, en exigeant la marque de fabrique et en
me méfiant des contrefaçons.

MABILLE

Mabille fait sa réouverture, retardée par la pluie. Les vestales craignaient pour leurs réchauds.

+

Une étoile nouvelle apparaît à l'œil nu sous un angle de quarante-cinq degrés.

Les hommes politiques errent dans les jardins. Ce n'est que changer de cascades.

Les grandes dames s'y fourvoient. Les faubourgs se donnent la main.

L'une d'elles disait en s'en allant :

— Nous allons partout, les quatre pieds blancs.

— Comme les biches.

╬

Mlle Léonide Leblanc est membre de la Société protectrice des animaux.

Daims, bondissez, biches, guenons, cocottes, grues, perruches, folâtrez, et vous, pigeons et colombes, roucoulez des chants d'amour! Ma parole d'honneur, c'est à donner envie d'entrer comme pensionnaire au Jardin d'acclimatation.

Des ailes! des ailes!

+

Les journaux ont parlé de la saisie des *machines à coudre*. Cette question me remet en mémoire une particularité de la loi anglaise sur les dames estampillées. Le créancier ne peut faire saisir ni leurs bijoux, ni leurs vêtements, reconnus par la loi comme *instruments de travail*.

En France, cette affaire est autrement réglée, et le

code est moins élastique. On ne fait d'exception que
pour le lit.

PEINTURE

Le mois de mai, mois des roses, mois des peintres,
mois de Marie, mois de la guerre, ramène aussi les
Jeux floraux de Toulouse. Clémence Isaure distribue
les soucis et les églantines destinés à l'amélioration
de la race poétique. Les idylles élégantes, les tou-
chantes élégies mêlent à l'or l'éclat des diamants et
ne vont pas cueillir dans la prairie leurs plus beaux
ornements. C'était bon du temps de Boileau, *L'Art*

poétique est loin. Les poëtes ont bien changé tout cela.

+

On a calculé que le Salon de cette année renfermait 2,600 tableaux, 500 statues, 25 médailles, 50 lithographies, 60 dessins d'architecture et 200 gravures.

+

Deux Dames au Salon, deux toiles de M. Marchal, m'ont intrigué. Elles représentaient *Pénélope* et *Phryné*, deux femmes du monde, l'une habillée, qui brode, l'autre en toilette de bal.

Laquelle est Pénélope? Je n'oserais choisir, car on voit tous les jours des Phrynés en robe montante et des Pénélopes décolletées.

OBSERVATOIRE

L'Observatoire, toujours à l'affût des bonnes plaisanteries, a informé l'Europe que nous aurions cette année deux éclipses *visibles dans toute la France.*

M. Leverrier a sans doute réfléchi qu'il y avait quelque chose de blessant dans la formule : Visible à Paris, Londres, Berlin, Vienne, Florence, Pétersbourg ou autres capitales... Il a voulu faire de la décentralisation astronomique pour que son nom rayonnât hors du polygone des fortifications, et il s'est entendu avec le ciel — qui est accommodant — pour que nos belles provinces jouissent de l'éclipse.

Malheureusement le soleil, prévoyant la nouvelle loi sur la presse, a voulu faire de la politique à sa façon, et il a précisément choisi le 22 février pour sa première éclipse.

On n'a pas oublié qu'il y a vingt ans, le 22 février a marqué sa date par une éclipse royale, — visible également dans toute la France et même plus loin, — et que le soleil était complétement étranger à cet événement non prévu par les observatoires européens.

+

Entre deux astronomes :

— Vénus et Jupiter embellissent de leur présence le ciel de notre Observatoire, et nous allons voir cascader — cascader la vertu de Jupiter.

— A quelle heure se couchent-ils?

— Je n'en sais rien... Voyez-vous Mercure?

— Ah! oui... Presque incolore.

— Sans odeur ni saveur... Astre cher aux pharmaciens.

— Pourvu que Jupiter ne l'absorbe pas.

LES THÉATRES

Après la loi de la propriété littéraire, la loi sur la presse, la loi militaire, la loi sur le droit de réunion. la Chambre a examiné la question des subventions des théâtres figurant au budget pour 1,835,000 francs ainsi répartis :

L'Opéra, 820,000 fr., et avec les accessoires..... 1,200.000 fr.

La Comédie-Française... 245,000 fr.

Opéra-Comique... 240,000.

Théâtre-Lyrique... 100,000.

Odéon... 100.000.

Italiens... *mémoire*.

Conservatoire... 222,000 fr.

Mais la caisse des théâtres subventionnés s'alimente encore par d'autres affluents. La Comédie-Française, par exemple, n'a pas de loyer à payer et bénéficie des droits des auteurs morts dont l'œuvre appartient au domaine public. Sa subvention [peut être évaluée] à plus d'un demi-million.

Il semble résulter des opinions généralement acceptées que les subventions n'élèvent pas sensiblement le niveau de l'art et n'ouvrent pas la carrière aux auteurs dramatiques.

Les décors des théâtres libres de féerie sont aussi beaux que ceux de l'Opéra. Le niveau du théâtre contemporain est plus élevé au Gymnase et au Vaudeville qu'au Théâtre-Français et à l'Odéon. Enfin, les théâtres non subventionnés jouent plus d'auteurs nouveaux que leurs concurrents privilégiés.

Il est également établi que la législation nouvelle n'a donné aucun résultat sensible pour l'art. Ce qu'il fallait accorder, ce n'était pas la *liberté des théâtres*, c'était la *liberté du théâtre*, et celle-là, nous ne l'avons pas.

La Comédie-Française a fait son tour de France ; mais, ayant refusé *Alexandre-le-Grand* et *Gutlenberg*, M. Latour Saint-Ybars lui fait faire le tour des journaux.

Elle a joué : *Madame Desroches*.

— La maison aussi.

———

Partout des pièces nautiques :

Robinson Crusoé fait naufrage,

Ophélie se noie,

Le *Vengeur* sombre...

Et parmi les autres, combien y en a-t-il qui sont en train de couler !

———

Les mille représentations de la *Belle-Hélène*, *Barbe-Bleue*, *Vie parisienne* et *Grande-Duchesse* ont rapporté près de trois millions et demi.

Après les courses, la grande partie des cercles et les budgets militaires, ce chiffre ensevelit dans un linceul d'or le cadavre de la tragédie.

M. Pierre-Remy Corneille fils se présente comme candidat au Corps législatif en remplacement de M. Corneille père, décédé.

Je pense qu'un seul coup d'œil de LOUIS a enfanté beaucoup de Corneilles. Pourquoi ne se présentent-ils pas à l'Odéon?

Mariage de la Patti. La place de *Fiancée de l'art* est vacante.

Mlle Christine Nilsson est partie pour Londres.

Le soir de sa représentation d'adieu, l'Opéra présentait un coup d'œil curieux. La scène se jonchait de fleurs. Un lilas blanc sur pied a été offert. Des colombes ont été lâchées dans la salle.

Ces manifestations poétiques sont gracieuses; mais, grands dieux! du moment qu'on attelle des colombes au char d'Ophélie, il n'y a pas de raison pour ne pas offrir des clarinettes ou atteler des canards au coupé d'une prima-dona qui aurait chanté faux.

On sait qu'Ophélie se noie par procuration dans la rivière de l'Opéra. Il est difficile, en effet, de chanter entre deux eaux.

A mon tour, j'ai une petite observation géographique à présenter.

Ophélie ne peut pas se noyer dans une rivière, par la raison victorieuse qu'il n'y a pas de rivières en Danemark. En revanche, il y a des lacs à faire rêver les biches du bois de Boulogne,

Il me souvient aussi, à propos d'*Hamlet*, d'une amusante légende qui m'a été racontée.

Le propriétaire du terrain où la tradition avait marqué la place du tombeau d'Hamlet, ennuyé du pèlerinage des touristes, fit construire à bonne distance un autre tertre orné de pierres superposées.

Or, il arriva que les touristes visitaient les deux tombeaux.

Le propriétaire ne se tint pas pour battu. Il détruisit les deux tombeaux d'Hamlet et fit transporter les pierres au sommet d'une colline près de l'emplacement d'une abbaye disparue.

C'est peut-être un conte qu'on m'a fait. Que les poëtes pardonnent à un chroniqueur qui a fait le voyage pour en rapporter ce souvenir.

CHOSES ET AUTRES

Londres bâille.

Saint-Pétersbourg tisse son réseau de chemins de fer.

Constantinople donne des coups de canif dans le Koran.

Berlin met son casque sur l'oreille.

Madrid joue des castagnettes.

Varsovie expire.

Turin ne peut se consoler du départ de Victor.

Venise fait des ronds dans l'Adriatique.

Brutus dort et Rome est dans les frères ignorantins.

Bruxelles fait des imitations.

Copenhague se marie avec Stockolm.

New-York fait de la politique.

Paris s'amuse.

Le bilan de 1868 peut se résumer en une ligne :

On n'a pas eu la guerre.

1868 a trompé le général Boum avec le diplomate Grog qui triomphe.

La Seine est prise. Le Rhin ne l'est pas.

On a supprimé plusieurs journaux.

Dans le seul mois de janvier, on a gratifié les autres de dix-sept poursuites pour leurs étrennes.

Pluie de brochures.

La France, ton café f... le camp.

> De la dépouille des journaux
> Nous avons vu joncher la terre,
> Les *Débats* étaient sans mystère,
> Et des quatre points cardinaux
> Un vent soufflant du ministère
> S'engouffrait dans les tribunaux.

—

Petit noël de la loi sur la presse :

> Hier c'était la date solennelle
> Où Guilloutet descendit jusqu'à nous,
> Pour conserver la peine corporelle
> Et de Thémis enflammer le courroux.
> Qui lui dira notre reconnaissance ?
> L'article-Honze est un fruit déjà mûr :
> Presse à genoux, chante ta délivrance,
> C'est pour nous tous qu'il a construit son mur.

—

L'écriteau de Sainte-Pélagie, notre patronne hospitalière : «Appartements peu meublés à louer» a disparu. Complet pour le terme. Le pavillon des princes couvre la libre pensée. Autrefois, l'esprit courait les rues. Aujourd'hui, il joue au *chat-coupé* avec les sergents de ville.

—

Cependant les brochets démagogiques continuent à semer la terreur dans les étangs politiques, et l'aurore aux doigts crochus de la liberté de la presse entr'ouvre les portes de la 6e chambre.

Mais la Turquie et la Russie ont adopté notre législation sur la presse.

—

La *Question romaine*. Ces deux crosses d'évêque enchevêtrées, qui coûtaient un franc à l'origine, se sont vendues deux sous à tous les coins de rue. *Sic transit gloria mundi*. Ainsi a passé la gloire du *Monde*.

La *Question d'Orient* figurait une croix, ce qui est

bizarre, dont il fallait détacher un anneau de cuivre.

Demain viendra la *Question prussienne*, qui tiendra sur la pointe d'une aiguille.

Je vois bien les questions, mais personne n'a donné les réponses.

———

A Nimes, le tirage au sort a été bruyant. La *Marseillaise* a fait son tour de France. Je persiste à me demander pourquoi les conscrits s'obstinent à chanter : *Aux armes, citoyens!* quand on leur en offre autant qu'ils en pourront porter, et cela pendant neuf années.

———

On couronne un édifice avec une girouette.

En France, on couronne tout : les édifices et les rosières, la poésie, les bœufs, la vertu, les rois et les chevaux.

———

On ouvre la Bourse et on défend la coulisse du boulevard, ce qui a fait dire à un spéculateur :

« On nous appelle à la grand'messe et on nous défend les vêpres. »

———

Enfin, le *Constitutionnel* invente un sirop diplomatique contre les convulsions populaires.

———

L'exposition des insectes a eu lieu au palais de l'Industrie ; insectes nuisibles et insectes utiles, moyens de destruction et de propagation des espèces.

Ce fait divers a donné lieu à des réflexions un peu triviales, mais significatives :

— MM. XXXXX..... ne seront pas admis ; ils en remettraient.

Le *Daily Telegraph* accuse la France. De quel crime? du crime de découper les glaciers de la Suisse et d'utiliser ces beautés de la nature à la réfrigération.

Le *Daily Telegraph* ne voit pas la question sous son vrai jour. L'abaissement de niveau des glaciers suisses n'a qu'une cause sérieuse, l'aplatissement de la dernière des républiques.

Un jour, le Mont-Blanc sera remplacé par un écriteau sur lequel on lira :

« Ici fut une montagne de glace aux fiers et libres sommets. Des Anglais violèrent souvent cette vierge à la robe de neige. Il appartenait à la France de l'asseoir à ses orgies sous la forme de sorbets et de caraes frappées. »

Que deviennent les pavés du vieux Paris? Ils servent à lester les navires après avoir fait sombrer les gouvernements. On les revend au-delà de l'Atlantique, à Montevideo et à Buenos-Ayres, pour servir au pavage des rues.

On ne dit pas si on embarque avec eux des profes seurs de barricades.

Choses tristes :

Quand un homme considérable meurt, c'est un déluge d'encre dans les journaux.

Pendant au moins trois jours la nécrologie va son train. La réclame met un crêpe à sa trompette.

Ensuite un enterrement somptueux fait songer à cette phrase d'un journal charmant :

« Le luxe de la cérémonie a dépassé toutes les magnificences d'usage en ces tristes circonstances, et l'administration des pompes funèbres n'a pas dit son dernier mot. »

Enfin on pose les scellés sur les papiers du défunt.

Cette opération me fait songer à Louis XIV.

Si Louis XIV revenait au monde, il serait peut-être vexé de n'avoir pas fait poser les scellés sur les papiers de Saint-Simon.

A l'enterrement d'un grand dignitaire, après un roulement de tambours voilés, trois appels de grosse caisse annoncent que la musique militaire va jouer.

Elle commence :

As-tu vu
La casquette, la casquette...?

Dix minutes après, même jeu :

Encore un carreau de cassé!...

———

La date du mardi 21 janvier, jour anniversaire de la mort de Louis XVI, m'a fait penser au monument expiatoire.

Comme généralement la perpendiculaire des expro priations ne se brise pas devant les souvenirs, je signale le monument expiatoire comme le plus médiocre échantillon de l'architecture moderne. Et puis, au milieu d'un square, ce n'est pas gai.

———

Il y a encore deux arbres de la liberté à Paris, plantés en 1848 au bout de la rue Saint-Marcel.

Ces deux arbres n'ont pas été abattus. On a construit un trottoir dont les dalles mordent le tronc et étouffent les racines comme des pierres tumulaires posées sur la poitrine d'un homme.

Les deux arbres de la liberté sont vivants, et la sève éclate sous l'armure de pierre.

S'ils doivent mourir, qu'ils meurent debout.

Ouverture de la chasse.

L'absence du gibier a jeté la consternation dans le camp des lapins, qui ont profité du droit de réunion pour s'assembler. Naturellement on leur a envoyé des coups de fusil.

Somme toute, nous avons entendu parler d'accidents de toute espèce, de gardes-champêtres, de gendarmes et de procès-verbaux. On nous raconte les histoires des années dernières, et l'inévitable gamin, armé du fusil de son père, a mis sa petite sœur en joue dans les journaux du soir,

Promenade des trois bœufs-gras.
Noms proposés : *Épidémie, Guerre, Famine.*

Autres : *Loi militaire, Loi sur la presse, Droit de réunion.*

Révolution dans les modes. Il y a eu un congrès de grandes dames, et les « robes courtes » ont été votées à l'unanimité.

Où cela s'arrêtera-t-il?

O sainte Poésie ! pas de cantates du 15 août cette année. Les poètes officiels seront bien embarrassés pour tirer leur épingle du jeu.

On supprime le grec dans les études. Il se réfugie dans les Cercles.

Le char de l'État est bien mené. Tous les cochers politiques prennent la droite.

Notre ami X... va bien, et il est à son cinquième serment.

— C'est un ivrogne.

Deux rois se font des concessions qui ne sont pas à perpétuité.

On émet un miracle au capital de plusieurs millions d'imbéciles.

M. Renan publie la treizième édition de son *Imitation de Jésus-Christ*.

———

On fonde des bibliothèques communales : c'est la nourriture intellectuelle. Pourquoi ne leur donne-t-on que du Bouilly ?

———

Mort de Théodoros.

———

La Société des gens de lettres révise ses statuts. Toujours quelques petites convulsions.

———

Invention de l'enseignement secondaire... et la *Re-doute* est prise.

———

On démolit la rue de la Paix. La rue de l'Empire, c'était pourtant celle-là.

———

Rocambole dit son avant-dernier mot.

———

MM. de Bismark, de Beust et Rouher expliquent le mystère de la Trinité.

———

M. Veuillot est nommé trompette de *Royal-Jéricho*.

———

Le 15 août, pluie d'étoiles filantes qui deviennent fixes à la boutonnière.

———

Inauguration de la statue de Greuze à Tournus. On lui fait un discours. La statue ne répond rien.

———

L'État renouvelle les monnaies. Grand succès. On refuse de l'argent.

———

Le *Saint-Siége* a été réparé par les tapissiers de Paris, et le *Divan* par les tapissiers de Londres.

———

Les élèves de Sainte-Barbe et de l'École normale ont été licenciés.

M. Pasteur a envoyé le troupeau se promener.

Éruption du Vésuve. On y donne un bal.

—

M. Kervéguen invente le jeu des petits paquets.

—

Le mariage civil est inauguré en Autriche. On illumine les corniches des maisons.

—

Funérailles de Manin à Venise.

—

Concours des prix de Rome. Garibaldi est exclu.

—

Le P. Gratry, membre de l'Immaculée Conception, est reçu à l'Académie et parle contre la théorie des générations spontanées.

—

Réception de MM. Claude Bernard, Autran, et de M. Jules Favre, en remplacement de M. Cousin, à la mode d'Allemagne.

—

La République d'Andorre ouvre un Salon de conversation.

République — *rouge* — *passe*.

CHARLES JOLIET.

ROUGE
LIVRE
PARIS — IMPRIMERIE, RUE DU CROISSANT, 16
20 CENT